FOLIO CADET

Les citations figurant sur le premier rabat de couverture
sont extraites des œuvres suivantes parues aux Éditions Gallimard :
La Chasse au bonheur
Les Grands Chemins

Mis en couleurs
par Roberta Maranzano

ISBN : 2-07-053880-X
© Éditions Gallimard, 1983, pour le texte
© Éditions Gallimard, 1988, pour les illustrations
© Éditions Gallimard Jeunesse, 2002, pour la présente édition
N° d'édition : 15493
Loi n° 49-956 du 16 juillet 1949
sur les publications destinées à la jeunesse
Premier dépôt légal : septembre 1988
Dépôt légal : septembre 2002
Imprimé en Italie par Editoriale Lloyd

Jean Giono

L'homme qui plantait des arbres

illustré par Willi Glasauer

GALLIMARD JEUNESSE

Pour que le caractère d'un être humain dévoile des qualités vraiment exceptionnelles, il faut avoir la bonne fortune de pouvoir observer son action pendant de longues années. Si cette action est dépouillée de tout égoïsme, si l'idée qui la dirige est d'une générosité sans exemple, s'il est absolument certain qu'elle n'a cherché de récompense nulle part et qu'au surplus elle ait laissé sur le monde des marques visibles, on est alors, sans risque d'erreurs, devant un caractère inoubliable.

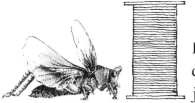Il y a environ une quarantaine d'années, je faisais une longue course à pied, sur des hauteurs absolument inconnues des touristes, dans cette très vieille région des Alpes qui pénètre en Provence.

Cette région est délimitée au sud-est et au sud par le cours moyen de la Durance, entre Sisteron et Mirabeau ; au nord par le cours supérieur de la Drôme, depuis sa source jusqu'à Die ; à l'ouest par les plaines du Comtat Venaissin et les contreforts du Mont-Ventoux. Elle comprend toute la partie nord du département des Basses-Alpes, le sud de la Drôme et une petite enclave du Vaucluse.

C'était, au moment où j'entrepris ma longue promenade dans ces déserts, des landes nues et monotones, vers 1200 à 1300 mètres d'altitude. Il n'y poussait que des lavandes sauvages.

Je traversais ce pays dans sa plus grande largeur et, après trois jours de marche, je me trouvais dans une désolation sans exemple. Je campais à côté d'un squelette de village abandonné. Je n'avais plus d'eau depuis la veille et il me fallait en trouver. Ces maisons agglomérées, quoique en ruine, comme un vieux nid de guêpes, me firent penser qu'il avait dû y avoir là, dans le

temps, une fontaine ou un puits. Il y avait bien une fontaine, mais sèche. Les cinq à six maisons, sans toiture, rongées de vent et de pluie, la petite chapelle au clocher écroulé, étaient rangées comme le sont les maisons et les chapelles dans les villages vivants, mais toute vie avait disparu.

C'était un beau jour de juin avec grand soleil, mais, sur ces terres sans abri et hautes dans le ciel, le vent soufflait avec une brutalité insupportable. Ses grondements dans les carcasses des maisons étaient ceux d'un fauve dérangé dans son repas.

Il me fallut lever le camp. A cinq heures de marche de là, je n'avais toujours pas trouvé d'eau et rien ne pouvait me donner l'espoir d'en trouver. C'était partout la même sécheresse, les mêmes herbes ligneuses. Il me sembla apercevoir dans le lointain une petite silhouette noire, debout. Je la pris pour le tronc d'un arbre solitaire. A tout hasard, je me dirigeai vers elle. C'était un berger. Une trentaine de moutons

couchés sur la terre brûlante se reposaient
près de lui.

Il me fit boire à sa gourde et, un peu plus

tard, il me conduisit à sa bergerie, dans une ondulation du plateau. Il tirait son eau, excellente, d'un trou naturel, très profond, au-dessus duquel il avait installé un treuil rudimentaire.

Cet homme parlait peu. C'est le fait des solitaires, mais on le sentait sûr de lui et confiant dans cette assurance. C'était insolite dans ce pays dépouillé de tout. Il n'habitait pas une cabane mais une vraie maison en pierre où l'on voyait très bien comment son travail personnel avait rapiécé la ruine qu'il avait trouvée là à son arrivée. Son toit était solide et étanche. Le vent qui le frappait faisait sur les tuiles le bruit de la mer sur les plages. Son ménage était en ordre, sa vaisselle lavée, son parquet balayé, son fusil graissé ; sa soupe bouillait sur le feu. Je remarquai alors qu'il était aussi rasé de frais, que tous ses boutons étaient solidement cousus, que ses vêtements étaient reprisés avec le soin minutieux qui rend les reprises invisibles.

Il me fit partager sa soupe et, comme après je lui offrais ma blague à tabac, il me dit qu'il ne fumait pas. Son chien, silencieux comme lui, était bienveillant sans bassesse.

Il avait été entendu tout de suite que je passerais la nuit là ; le village le plus proche étant encore à plus d'une journée et demie de marche. Et, au surplus, je connaissais parfaitement le caractère des rares villages de cette région. Il y en a quatre ou cinq dispersés loin les uns des autres sur les flancs

de ces hauteurs, dans les taillis de chênes blancs à la toute extrémité des routes carrossables.

Ils sont habités par des bûcherons qui font du charbon de bois. Ce sont des endroits où l'on vit mal. Les familles, serrées les unes

contre les autres dans ce climat qui est d'une rudesse excessive, aussi bien l'été que l'hiver, exaspèrent leur égoïsme en vase clos. L'ambition irraisonnée s'y démesure, dans le désir continu de s'échapper de cet endroit.

Les hommes vont porter leur charbon à la ville avec leurs camions, puis retournent. Les plus solides qualités craquent sous cette perpétuelle douche écossaise. Les femmes mijotent des rancœurs. Il y a concurrence sur tout, aussi bien pour la vente du charbon que pour le banc à l'église, pour les vertus qui se combattent entre elles, pour les vices qui se combattent entre eux et pour la mêlée générale des vices et des vertus, sans repos. Par là-dessus, le vent également sans repos irrite les nerfs. Il y a des épidémies de suicides et de nombreux cas de folies, presque toujours meurtrières.

Le berger qui ne fumait pas alla chercher un petit sac et déversa sur la table un tas de glands. Il se mit à les examiner l'un après

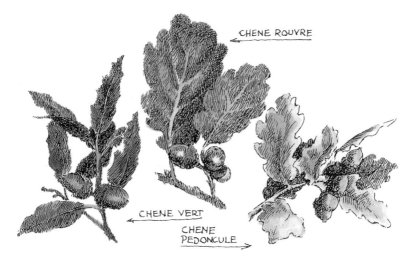

CHENE ROUVRE

CHENE VERT

CHENE PEDONCULE

l'autre avec beaucoup d'attention, séparant
les bons des mauvais. Je fumais ma pipe.
Je me proposai pour l'aider. Il me dit que
c'était son affaire. En effet : voyant le soin
qu'il mettait à ce travail, je n'insistai pas.
Ce fut toute notre conversation. Quand
il eut du côté des bons un tas de glands
assez gros, il les compta par paquets de dix.
Ce faisant, il éliminait encore les petits
fruits ou ceux qui étaient légèrement fen-
dillés, car il les examinait de fort près.
Quand il eut ainsi devant lui cent glands

parfaits, il s'arrêta et nous allâmes nous coucher.

La société de cet homme donnait la paix. Je lui demandai le lendemain la permission de me reposer tout le jour chez lui. Il le trouva tout naturel, ou, plus exactement, il me donna l'impression que rien ne pouvait le déranger. Ce repos ne m'était pas absolument obligatoire, mais j'étais intrigué et je voulais en savoir plus. Il fit sortir son troupeau et il le mena à la pâture. Avant de partir, il trempa dans un seau d'eau le petit sac où il avait mis les glands soigneusement choisis et comptés.

Je remarquai qu'en guise de bâton, il emportait une tringle de fer grosse comme le pouce et longue d'environ un mètre cinquante. Je fis celui qui se promène en se reposant et je suivis une route parallèle à la sienne. La pâture de ses bêtes était dans un fond de combe. Il laissa le petit troupeau à la garde du chien et il monta vers l'endroit où je me tenais. J'eus peur qu'il vînt pour me reprocher mon indiscrétion mais pas du tout, c'était sa route et il m'invita à l'accompagner si je n'avais rien de mieux à faire. Il allait à deux cents mètres de là, sur la hauteur.

Arrivé à l'endroit où il désirait aller, il se mit à planter sa tringle de fer dans la terre. Il faisait ainsi un trou dans lequel il mettait un gland, puis il rebouchait le trou. Il plantait des chênes. Je lui demandai si la terre lui appartenait. Il me répondit que non. Savait-il à qui elle était ? Il ne savait pas. Il supposait que c'était une terre communale, ou peut-être, était-elle la propriété de gens qui ne s'en souciaient pas ? Lui ne se souciait pas de connaître les propriétaires. Il planta ainsi ses cent glands avec un soin extrême.

Après le repas de midi, il recommença à trier sa semence. Je mis, je crois, assez d'insistance dans mes questions puisqu'il y répondit. Depuis trois ans il plantait des arbres dans cette solitude. Il en avait planté cent mille. Sur les cent mille, vingt mille étaient sortis. Sur ces vingt mille, il comptait encore en perdre la moitié, du fait des rongeurs ou de tout ce qu'il y a d'impossible à prévoir dans les desseins de la Providence. Restaient dix mille chênes qui allaient pousser dans cet endroit où il n'y avait rien auparavant.

C'est à ce moment-là que je me souciai de l'âge de cet homme. Il avait visiblement plus de cinquante ans. Cinquante-cinq, me dit-il. Il s'appelait Elzéard Bouffier. Il avait possédé une ferme dans les plaines. Il y avait réalisé sa vie.

Il avait perdu son fils unique, puis sa femme. Il s'était retiré dans la solitude où il prenait plaisir à vivre lentement, avec ses brebis et son chien. Il avait jugé que ce pays mourait par manque d'arbres. Il ajouta que, n'ayant pas d'occupations très importantes, il avait résolu de remédier à cet état de choses.

Menant moi-même à ce moment-là, malgré mon jeune âge, une vie solitaire, je savais toucher avec délicatesse aux âmes des solitaires. Cependant, je commis une faute. Mon jeune âge, précisément, me forçait à imaginer l'avenir en fonction de moi-même et d'une certaine recherche du bonheur. Je lui dis que, dans trente ans, ces dix mille chênes seraient magnifiques. Il me

répondit très simplement que, si Dieu lui prêtait vie, dans trente ans, il en aurait planté tellement d'autres que ces dix mille seraient comme une goutte d'eau dans la mer.

Il étudiait déjà, d'ailleurs, la reproduction des hêtres et il avait près de sa maison une pépinière issue des faines. Les sujets qu'il avait protégés de ses moutons par une bar-

rière en grillage étaient de toute beauté. Il pensait également à des bouleaux pour les fonds où, me dit-il, une certaine humidité dormait à quelques mètres de la surface du sol.

Nous nous séparâmes le lendemain.

L'année d'après, il y eut la guerre de 14 dans laquelle je fus engagé pendant cinq ans. Un soldat d'infanterie ne pouvait guère y réfléchir à des arbres. A dire le vrai, la chose même n'avait pas marqué en moi ; je l'avais considérée comme un dada, une collection de timbres, et oubliée.

Sorti de la guerre, je me trouvai à la tête d'une prime de démobilisation minuscule mais avec le grand désir de respirer un peu

d'air pur. C'est sans idée préconçue, sauf celle-là, que je repris le chemin de ces contrées désertes.

Le pays n'avait pas changé. Toutefois, au-delà du village mort, j'aperçus dans le lointain une sorte de brouillard gris qui recouvrait les hauteurs comme un tapis. Depuis la veille, je m'étais remis à penser à ce berger planteur d'arbres. « Dix mille chênes, me disais-je, occupent vraiment un très large espace. »

J'avais vu mourir trop de monde pendant cinq ans pour ne pas imaginer facilement la mort d'Elzéard Bouffier, d'autant que, lorsqu'on en a vingt, on considère les hommes de cinquante comme des vieillards à qui il ne reste plus qu'à mourir. Il n'était pas mort. Il était même fort vert. Il avait changé de métier. Il ne possédait plus que quatre brebis mais, par contre, une centaine de ruches. Il s'était débarrassé des moutons qui

mettaient en péril ses plantations d'arbres.
Car, me dit-il (et je le constatais), il ne
s'était pas du tout soucié de la guerre. Il
avait imperturbablement continué à planter.

Les chênes de 1910 avaient alors dix ans
et étaient plus hauts que moi et que lui. Le
spectacle était impressionnant. J'étais litté-
ralement privé de paroles et, comme lui ne
parlait pas, nous passâmes tout le jour en
silence à nous promener dans sa forêt. Elle
avait, en trois tronçons, onze kilomètres

dans sa plus grande largeur. Quand on se souvenait que tout était sorti des mains et de l'âme de cet homme, sans moyens techniques, on comprenait que les hommes pourraient être aussi efficaces que Dieu dans d'autres domaines que la destruction.

Il avait suivi son idée, et les hêtres qui m'arrivaient aux épaules, répandus à perte de vue, en témoignaient. Les chênes étaient drus et avaient dépassé l'âge où ils étaient à la merci des rongeurs ; quant aux desseins de la Providence elle-même pour détruire l'œuvre créée, il lui faudrait avoir désormais recours aux cyclones. Il me montra

d'admirables bosquets de bouleaux qui dataient de cinq ans, c'est-à-dire de 1915, de l'époque où je combattais à Verdun. Il leur avait fait occuper tous les fonds où il soupçonnait, avec juste raison, qu'il y avait de l'humidité presque à fleur de terre. Ils étaient tendres comme des adolescents et très décidés.

La création avait l'air, d'ailleurs, de s'opérer en chaînes. Il ne s'en souciait pas ; il poursuivait obstinément sa tâche, très simple. Mais en redescendant par le village, je vis couler de l'eau dans des ruisseaux qui, de mémoire d'homme, avaient toujours été à sec. C'était la plus formidable opération de réaction qu'il m'ait été donné de voir. Ces ruisseaux secs avaient jadis porté de l'eau, dans des temps très anciens.

Certains de ces villages tristes dont j'ai parlé au début de mon récit s'étaient cons-truits sur les emplacements d'anciens vil-lages gallo-romains dont il restait encore des traces, dans lesquelles les archéologues avaient fouillé et ils avaient trouvé des hameçons à des endroits où au vingtième siècle, on était obligé d'avoir recours à des citernes pour avoir un peu d'eau.

Le vent aussi dispersait certaines graines. En même temps que l'eau réapparaissaient les saules, les osiers, les prés, les

jardins, les fleurs et une certaine raison de vivre.

Mais la transformation s'opérait si lentement qu'elle entrait dans l'habitude sans provoquer d'étonnement. Les chasseurs qui montaient dans les solitudes à la poursuite des lièvres ou des sangliers avaient bien constaté le foisonnement des petits arbres mais ils l'avaient mis sur le compte des malices naturelles de la terre. C'est pourquoi personne ne touchait à l'œuvre de cet homme. Si on l'avait soupçonné, on l'aurait contrarié. Il était insoupçonnable. Qui aurait pu imaginer, dans les villages et dans les administrations, une telle obstination dans la générosité la plus magnifique ?

HETRE
(FAGUS SYLVATICA)

À partir de 1920, je ne suis jamais resté plus d'un an sans rendre visite à Elzéard Bouffier. Je ne l'ai jamais vu fléchir ni douter. Et pourtant, Dieu sait si Dieu même y pousse ! Je n'ai pas fait le compte de ses déboires. On imagine bien cependant que, pour une réussite semblable, il a fallu vaincre l'adversité ; que, pour assurer la victoire d'une telle passion, il a fallu lutter avec le désespoir. Il

avait, pendant un an, planté plus de dix mille érables. Ils moururent tous. L'an d'après, il abandonna les érables pour reprendre les hêtres qui réussirent encore mieux que les chênes.

Pour avoir une idée à peu près exacte de ce caractère exceptionnel, il ne faut pas oublier qu'il s'exerçait dans une solitude totale ; si totale que, vers la fin de sa vie, il avait perdu l'habitude de parler. Ou, peut-être, n'en voyait-il pas la nécessité ?

En 1933, il reçut la visite d'un garde forestier éberlué. Ce fonctionnaire lui intima l'ordre de ne pas faire de feux dehors, de peur de mettre en danger la croissance de cette forêt *naturelle*.

C'était la première fois, lui dit cet homme naïf, qu'on voyait une forêt pousser toute seule. A cette époque, il allait planter des hêtres à douze kilomètres de sa maison. Pour s'éviter le trajet d'aller-retour, car il avait alors soixante quinze ans, il envisageait de construire une cabane de pierre sur

les lieux mêmes de ses plantations. Ce qu'il fit l'année d'après.

En 1935, une véritable délégation administrative vint examiner la *forêt naturelle*. Il y avait un grand personnage des Eaux et Forêts, un député, des techniciens. On prononça beaucoup de paroles inutiles. On décida de faire quelque chose et, heureusement, on ne fit rien, sinon la seule chose utile : mettre la forêt sous la sauvegarde de l'État et interdire qu'on vienne y charbonner. Car il était impossible de n'être pas sub-

jugué par la beauté de ces jeunes arbres en
pleine santé. Et elle exerça son pouvoir de
séduction sur le député lui-même.

J'avais un ami parmi les capitaines
forestiers qui était de la délégation. Je lui

expliquai le mystère. Un jour de la semaine d'après, nous allâmes tous les deux à la recherche d'Elzéard Bouffier. Nous le trouvâmes en plein travail, à vingt kilomètres de l'endroit où avait eu lieu l'inspection.

Ce capitaine forestier n'était pas mon ami pour rien. Il connaissait la valeur des choses. Il sut rester silencieux. J'offris les quelques œufs que j'avais apportés en présent. Nous partageâmes notre casse-croûte en trois et quelques heures passèrent dans la contemplation muette du paysage.

Le côté d'où nous venions était couvert d'arbres de six à sept mètres de haut. Je me souvenais de l'aspect du pays en 1913, le désert... Le travail paisible et régulier, l'air vif des hauteurs, la frugalité et surtout la sérénité de l'âme avaient donné à ce vicillard unc santé presque solennelle.

C'était un athlète de Dieu. Je me demandais combien d'hectares il allait encore couvrir d'arbres.

Avant de partir, mon ami fit simplement une brève suggestion à propos de certaines essences auxquelles le terrain d'ici paraissait devoir convenir. Il n'insista pas. « Pour la bonne raison, me dit-il après, que ce bonhomme en sait plus que moi. » Au bout d'une heure de marche, l'idée ayant fait son chemin en lui, il ajouta : « Il en sait beaucoup plus que tout le monde. Il a trouvé un fameux moyen d'être heureux ! »

C'est grâce à ce capitaine que, non seulement la forêt, mais le bonheur de cet homme furent protégés. Il fit nommer trois gardes forestiers pour cette protection et il les terrorisa de telle façon qu'ils restèrent insensibles à tous les pots-de-vin que les bûcherons pouvaient proposer. L'œuvre ne courut un risque grave que pendant la guerre de 1939. Les automobiles marchant alors au gazogène, on n'avait jamais assez de bois. On commença à faire des coupes dans les chênes de 1910, mais ces quartiers sont si loin de tous réseaux routiers que l'entreprise se révéla très mauvaise au point de vue financier. On l'abandonna. Le berger n'avait rien vu. Il était à trente kilomètres de là, continuant paisiblement sa besogne, ignorant la guerre de 39 comme il avait ignoré la guerre de 14.

’ai vu Elzéard Bouffier pour la dernière fois en juin 1945. Il avait alors quatre-vingt-sept ans. J’avais donc repris la route du désert, mais maintenant, malgré le délabrement dans lequel la guerre avait laissé le pays, il y avait un car qui faisait le service entre la vallée de la Durance et la montagne. Je mis sur le compte de ce moyen de

transport relativement rapide le fait que je ne reconnaissais plus les lieux de mes premières promenades. Il me semblait aussi que l'itinéraire me faisait passer par des endroits nouveaux. J'eus besoin d'un nom de village pour conclure que j'étais bien cependant dans cette région jadis en ruine ct désolée. Le car me débarqua à Vergons.

En 1913, ce hameau de dix à douze maisons avait trois habitants. Ils étaient sauvages, se détestaient, vivaient de chasse au piège ; à peu près dans l'état physique et moral des hommes de la préhistoire. Les orties dévoraient autour d'eux les maisons abandonnées.

Leur condition était sans espoir. Il ne s'agissait pour eux que d'attendre la mort : situation qui ne prédispose guère aux vertus.

Tout était changé. L'air lui-même. Au lieu des bourrasques sèches et brutales qui m'accueillaient jadis, soufflait une brise souple chargée d'odeurs. Un bruit semblable à celui de l'eau venait des hauteurs :

c'était celui du vent dans les forêts. Enfin, chose plus étonnante, j'entendis le vrai bruit de l'eau coulant dans un bassin. Je vis qu'on avait fait une fontaine, qu'elle était abondante et, ce qui me toucha le plus, on avait planté près d'elle un tilleul qui pouvait déjà avoir dans les quatre ans, déjà gras, symbole incontestable d'une résurrection.

Par ailleurs, Vergons portait les traces

d'un travail pour l'entreprise duquel l'espoir est nécessaire. L'espoir était donc revenu. On avait déblayé les ruines, abattu les pans de murs délabrés et reconstruit cinq maisons. Le hameau comptait désormais vingt-huit habitants dont quatre jeunes ménages. Les maisons neuves, crépies de frais, étaient entourées de jardins potagers où poussaient, mélangés mais alignés, les légumes et les fleurs, les choux et les rosiers, les poireaux et les gueules-de-loup, les céleris et les anémones. C'était désormais un endroit où l'on avait envie d'habiter.

A partir de là, je fis mon chemin à pied. La
guerre dont nous sortions à peine n'avait pas
permis l'épanouissement complet de la vie,
mais Lazare était hors du tombeau. Sur les
flancs abaissés de la montagne, je voyais de

petits champs d'orge et de seigle en herbe ; au fond des étroites vallées, quelques prairies verdissaient.

Il n'a fallu que les huit ans qui nous séparent de cette époque pour que tout le pays

resplendisse de santé et d'aisance. Sur l'emplacement des ruines que j'avais vues en 1913, s'élèvent maintenant des fermes propres, bien crépies, qui dénotent une vie heureuse et confortable. Les vieilles sources, alimentées par les pluies et les neiges que retiennent les forêts, se sont remises à couler. On en a canalisé les eaux. A côté de chaque ferme, dans des bosquets

d'érables, les bassins des fontaines débordent sur des tapis de menthe fraîche. Les villages se sont reconstruits peu à peu. Une population venue des plaines où la terre se vend cher s'est fixée dans le pays, y apportant de la jeunesse, du mouvement, de l'esprit d'aventure. On rencontre dans les chemins des hommes et des femmes bien nourris, des garçons et des filles qui savent

rire et ont repris goût aux fêtes campa-
gnardes. Si on compte l'ancienne population, méconnaissable depuis qu'elle vit avec
douceur et les nouveaux venus, plus de dix
mille personnes doivent leur bonheur à
Elzéard Bouffier.

uand je réfléchis qu'un homme seul, réduit à ses simples ressources physiques et morales, a suffi pour faire surgir du désert ce pays de Canaan, je trouve que, malgré tout, la condition humaine est admirable. Mais, quand je fais le compte de tout ce qu'il a fallu de constance dans la grandeur d'âme et d'acharnement dans la générosité pour obtenir ce résultat, je suis pris d'un immense respect pour ce vieux paysan sans culture qui a su mener à bien cette œuvre digne de Dieu.

Elzéard Bouffier est mort paisiblement en 1947 à l'hospice de Banon.

Jean Giono a passé sa vie à Manosque,
en Provence. Il y a écrit toute son œuvre, qui
comporte de nombreux romans où la nature tient
une grande place. Il a toujours aimé les arbres :
durant son enfance, il allait se promener en
compagnie de son père et tous deux emportaient
dans leurs poches des glands qu'ils plantaient
dans la terre à l'aide de leur canne, en espérant
qu'ils deviendraient de superbes chênes.
En racontant l'histoire d'Elzéard Bouffier
et de son extraordinaire réussite, Jean Giono
souhaitait « faire aimer l'arbre ou, plus
exactement, faire aimer à planter des arbres ».
Il est mort le 9 octobre 1970.

Willi Glasauer est né le 9 décembre 1938
à Stribro, en République tchèque. Il a suivi
les cours de l'école des beaux-arts de Mayence
(Allemagne) avant de se consacrer à l'illustration
de livres pour enfants. Il travaille les détails
de ses dessins au crayon, privilégiant
le mouvement et le réalisme. Il a habité pendant
de nombreuses années dans un petit village
des Pyrénées-Orientales, qui comptait dix-huit
habitants, et une centaine de moutons.
Aujourd'hui il partage son temps avec sa femme
entre Berlin et les Pyrénées.